À la famille Androutsos et plus particulièrement Harry,
pour avoir eu le courage de commencer une nouvelle vie,
rendant la mienne possible.
Et à ma mère, qui m'a cousu tant de belles robes.

C. A.

Pour Ida

J. M.

Traduction de Marie Ollier

ISBN : 978-2-07-512032-6
Titre original : *The Dress and the Girl*
Publié en 2018 par Abrams Books for Young Readers, un imprint de ABRAMS, New York.

Numéro d'édition : 343885
Loi n° 49-956 du 16 juillet 1949 sur les publications destinées à la jeunesse
Dépôt légal : mars 2019
Imprimé en Italie par Lego

FSC www.fsc.org
MIXTE
Papier issu de sources responsables
FSC® C023419

Le GRAND VOYAGE

Camille Andros
Julie Morstad

GALLIMARD JEUNESSE

Quand les heures semblaient plus lentes et la vie plus simple,
une maman avait cousu une jolie robe pour sa fille.

La robe et la petite fille s'adoraient.

Jamais elles ne se quittaient.
Leur vie s'écoulait, tranquille.

Chaque jour la même histoire.

Rouler en voiture,

monter en bateau,

aller à l'école, sauter à la corde

et jouer à chat.

Pourtant, elles rêvaient de vivre ensemble
quelque chose d'unique, de magique, de merveilleux.
Quelque chose d'extraordinaire !

Cependant, la vie suivait son cours, ordinaire.

L'éclosion des jonquilles,

la douceur du vent,

le spectacle des étoiles.

Et puis un jour, enfin, ce fut l'heure du départ.

Leur histoire allait changer.

Mais à nouveau, la petite fille et sa robe roulèrent en voiture,

prirent le bateau.

Elles allaient à l'école, sautaient à la corde

et jouaient à chat.

Quand finalement elles arrivèrent, l'enfant
et la robe s'imaginèrent vivre bientôt cette chose
unique, magique, merveilleuse, extraordinaire !

Mais au lieu de cela, la robe fut pliée
et rangée au fond d'une malle.

Elle attendit longtemps

que la fillette vienne la retrouver.

Lorsqu'elle comprit que l'enfant ne viendrait plus,

c'est elle qui partit à sa recherche.

Elle prit seule la voiture

et le bateau.

Mais elle n'allait plus à l'école,
ne sautait plus à la corde,

ne jouait plus à chat.

La robe fit patiemment le tour du monde.

Jour après jour,

semaine après semaine,

mois après mois,

année après année.

Chaque jour une histoire différente.

La robe pensait sans cesse à la petite fille :
la douceur du vent, l'éclosion des jonquilles,
le spectacle des étoiles…
Tous les moments passés avec elle
avaient été uniques, magiques, merveilleux.
Comme elle lui manquait !

Après tous ces voyages, la robe était fatiguée. Elle avait besoin de se reposer.

Maintenant, c'était le monde qui lui tournait autour.
Des gens qui marchaient en tous sens, tête baissée,
pressés d'aller à des rendez-vous plus ou moins importants.

Et puis un jour, une jeune femme passa. Elle l'aperçut et s'arrêta.
Au lieu de courir comme les autres, ses yeux ne la quittaient pas.
Un regard rempli de souvenirs…

Les voitures, les bateaux, l'école,
la corde à sauter et les parties de chat.
Les jonquilles, la danse du vent
et les ciels remplis d'étoiles.

À chaque jour son histoire.

Elles s'étaient enfin retrouvées.
Et cela, c'était vraiment extraordinaire !